GW00418393

L'auteur
Dominique de Saint Mars

Après des études de sociologie,
elle a été journaliste à *Astrapi*.
Elle écrit des histoires
qui donnent la parole aux enfants
et traduisent leurs émotions.
Elle dit en souriant qu'elle a interviewé
au moins 100 000 enfants...
Ses deux fils, Arthur et Henri,
ont été ses premiers inspirateurs !
Prix de la Fondation pour l'Enfance.
Auteur de *On va avoir un bébé*,
Je grandis, *Les Filles et les Garçons*,
Léon a deux maisons et
Alice et Paul, copains d'école.

L'illustrateur
Serge Bloch

Cet observateur plein d'humour
et de tendresse est aussi un maître
de la mise en scène.
Tout en distillant son humour généreux
à longueur de cases, il aime faire sentir
la profondeur des sentiments.

Max et Lili ont peur

Série dirigée par Dominique de Saint Mars

© Calligram 1994
Tous droits réservés pour tous pays
Imprimé en Italie
ISBN : 978-2-88445-189-5

Ainsi va la vie

Max et Lili ont peur

Dominique de Saint Mars

Serge Bloch

CALLIGRAM
CHRISTIAN GALLIMARD

9

10

13

14

20

21

Ça y est, ils sont dans les buissons, je les entends.

Ça y est, ils ont cassé le carreau. Ils vont rentrer dans la maison !

Arrête de respirer... Écoute !

33

Et toi...

Est-ce qu'il t'est arrivé la même histoire qu'à Max et Lili ?

As-tu peur des fantômes, des sorcières,
même si tu sais qu'ils n'existent pas ?

As-tu peur de tes cauchemars ?

Sais-tu pourquoi tu as peur ? Parce que tu es seul ?
Dans le noir ? A cause d'un film ?

Que fais-tu quand tu as peur ? Tu te caches ?
Tu vérifies qu'il n'y a rien ? Tu fais un vœu ?

As-tu honte de tes peurs ? Les caches-tu ?
Est-ce qu'on s'en est déjà moqué ?

Y a-t-il des gens, des endroits ou des objets
qui te font particulièrement peur ?

As-tu parlé de tes peurs et cela t'a-t-il rassuré ?

As-tu des trucs anti-peur : lumière, nounours, bonhomme, musique, etc....

Aimes-tu faire peur aux autres ?
Est-ce que cela t'aide à avoir moins peur ?

Est-ce que ça te rassure de comprendre les trucages
des films d'horreur ? Aimes-tu en voir ?

Es-tu prudent ? Poses-tu des questions
pour être au courant des dangers réels ?

As-tu remarqué que les adultes peuvent avoir gardé
certaines peurs de leur enfance ?

**Après avoir réfléchi
à ces questions
sur la peur,
tu peux en parler
avec tes parents ou tes amis.**

Dans la même collection

Lili ne veut pas se coucher
Max n'aime pas lire
Max est timide
Lili se dispute avec son frère
Les Parents de Zoé divorcent
Max n'aime pas l'école
Lili est amoureuse
Max est fou de jeux vidéo
Lili découvre sa mamie
Max va à l'hôpital
Lili n'aime que les frites
Max raconte des « bobards »
Max part en classe verte
Lili est fâchée avec sa copine
Max a triché
Lili a été suivie
Max et Lili ont peur
Max et Lili ont volé des bonbons
Grand-père est mort
Lili est désordre
Max a la passion du foot
Lili veut choisir ses habits
Lili veut protéger la nature
Max et Koffi sont copains
Lili veut un petit chat
Les Parents de Max et Lili se disputent
Nina a été adoptée
Max est jaloux
Max est maladroit
Lili veut de l'argent de poche
Max veut se faire des amis
Emilie a déménagé
Lili ne veut plus aller à la piscine
Max se bagarre
Max et Lili se sont perdus
Jérémy est maltraité
Lili se trouve moche
Max est racketté
Max n'aime pas perdre
Max a une amoureuse
Lili est malpolie
Max et Lili veulent des câlins
Le Père de Max et Lili est au chômage
Alex est handicapé
Max est casse-cou

46 Lili regarde trop la télé
47 Max est dans la lune
48 Lili se fait toujours gronder
49 Max adore jouer
50 Max et Lili veulent tout savoir sur les bébés
51 Lucien n'a pas de copains
52 Lili a peur des contrôles
53 Max et Lili veulent tout tout de suite !
54 Max embête les filles
55 Lili va chez la psy
56 Max ne veut pas se laver
57 Lili trouve sa maîtresse méchante
58 Max et Lili sont malades
59 Max fait pipi au lit
60 Lili fait des cauchemars
61 Le cousin de Max et Lili se drogue
62 Max et Lili ne font pas leurs devoirs
63 Max va à la pêche avec son père
64 Marlène grignote tout le temps
65 Lili veut être une star
66 La copine de Lili a une maladie grave
67 Max se fait insulter à la récré
68 La maison de Max et Lili a été cambriolée
69 Lili veut faire une boum
70 Max n'en fait qu'à sa tête
71 Le chien de Max et Lili est mort
72 Simon a deux maisons
73 Max veut être délégué de classe
74 Max et Lili aident les enfants du monde
75 Lili se fait piéger sur Internet
76 Emilie n'aime pas quand sa mère boit trop
77 Max ne respecte rien
78 Max aime les monstres
79 Lili ne veut plus se montrer toute nue
80 Lili part en camp de vacances
81 Max se trouve nul
82 Max et Lili fêtent Noël en famille
83 Lili a un chagrin d'amour
84 Max trouve que c'est pas juste
85 Max et Lili sont fans de marques
86 Max et Lili se posent des questions sur Dieu